총각이 망태 속에 들어가서 밤새
꼼짝 않고 기다려요.
참고 기다리면 좋은 일이 생기거든요.
그런데 무서운 호랑이들이
어슬렁어슬렁 망태 주위로 모여들어요.
총각은 바들바들 떨면서도 기다려요.
참고 기다린 총각에게 좋은 일이 일어날까요?

추천 감수_ 김병규
대구교육대학을 졸업하고 한국일보 신춘문예에 동화가, 중앙일보 신춘문예에 희곡이 당선되면서 작품 활동을 시작했습니다. 대한민국문학상, 소천아동문학상, 해강아동문학상 등을 수상했으며, 현재 소년한국일보 편집국장으로 재직 중입니다. 쓴 책으로 〈나무는 왜 겨울에 옷을 벗는가〉, 〈푸렁별에서 온 손님〉, 〈그림 속의 파란 단추〉 등이 있습니다.

추천 감수_ 배익천
경북 영양에서 태어났습니다. 1974년 한국일보 신춘문예에 동화가 당선되었고, 〈마음을 찍는 발자국〉, 〈눈사람의 휘파람〉, 〈냉이꽃〉, 〈은빛 날개의 가슴〉 등의 동화집을 펴냈습니다. 한국아동문학상, 대한민국문학상, 세종아동문학상 등을 받았으며, 현재 부산 MBC에서 발행하는 〈어린이문예〉 편집주간으로 일하고 있습니다.

글_ 송가람
명지대학교 문예창작학과를 졸업하고, 문예지 〈시현실〉과 〈문학세계〉를 통해 등단하여 글을 쓰기 시작하였습니다. 지금은 창작 그림책을 비롯하여 역사, 과학 등 다양한 분야에 걸쳐 글을 쓰고 있습니다. 쓴 책으로는 〈모순이는 피를 좋아해〉, 〈강철 심장을 갖게 된 꿀꿀이〉 등이 있습니다.

그림_ 김은희
대학에서 산업디자인을 전공했습니다. 아름다운 상상의 나라와 동화를 사랑해서 그림 작가로 활동 중입니다. 작품으로 〈벌거벗은 임금님〉, 〈그림자를 잃어버린 시인〉, 〈해산물 이야기〉, 〈미녀와 야수〉, 〈축복받은 야곱〉, 〈꿈의 요정〉, 〈짐작할 수 있어요〉, 〈천국과 열 명의 신부〉, 〈스티븐 호킹〉, 〈아름다운 여신 칼립소〉, 〈꼬마 동상아! 돌아와〉 등이 있습니다

말랑말랑 우리전래동화 ㉜ **모험과 도전**

호랑이를 잡는 망태

발 행 인 박희철
발 행 처 한국헤밍웨이
출판등록 제406-2013-000056호
주   소 경기도 성남시 분당구 금곡동 444-148
대표전화 031-715-7722
팩   스 031-786-1100
편   집 이영혜, 이승희, 최부옥, 김지균, 송정호
디 자 인 조수진, 우지영, 성지현, 선우소연
사진제공 이미지클릭, 연합포토, 중앙포토

이 책의 저작권은 **한국헤밍웨이**에 있습니다. 본사의 동의나 허락 없이는 어떠한 방법으로도 내용이나 그림을 사용할 수 없습니다.

△ 주의 : 본 교재를 던지거나 떨어뜨리면 다칠 우려가 있으니 주의하십시오.
　　　　　고온 다습한 장소나 직사광선이 닿는 장소에는 보관을 피해 주십시오.

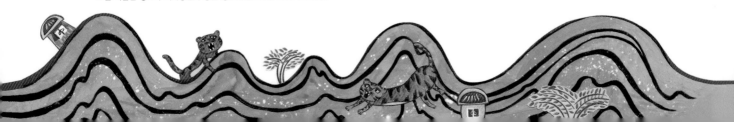

호랑이를 잡는 망태

글 송가람 그림 김은희

ii 한국헤밍웨이

호랑이가 담배 피우던 아주 먼 옛날,
한 총각이 농사를 지으며 살고 있었어.
하루 종일 호미를 들고 밭을 맸지만
쫄쫄 굶는 날이 더 많았지.
"아이고, 힘들다. 힘들어!"
총각은 집으로 돌아와 호미를 휙 내던졌어.
"농사는 이제 그만 지을래.
차라리 떠돌이 봇짐장수나 해야겠어."

다음 날, 총각은 장터를 돌아다니며
장사할 물건을 골랐지.
그러고는 물건을 팔러 이 집 저 집 돌아다녔어.
하지만 장사도 쉬운 일이 아니었어.
"애고, 아무도 사는 사람이 없네."
총각은 빈털터리가 되어 터덜터덜 집으로 돌아갔지.

9

한참을 털레털레 걸어가는데,
어둑어둑 날이 저물지 뭐야.
총각은 이리저리 쉴 곳을 찾다가
저 멀리 불을 밝힌 작은 초가집을 보았어.
총각은 재빨리 그 집으로 달려갔지.
"계세요? 안에 누구 없나요?"
그러자 잠시 뒤 문이 삐거덕!

머리가 허연 노인이 고개를 쑥 내밀며 물었지.

"이 늦은 시간에 누구요?"

"하룻밤만 묵어가도 될까요?"

"밤이 깊었으니 그렇게 하구려."

노인은 짚으로 커다란 망태를 만들고 있었지.

"왜 그렇게 큰 망태를 만드세요?"

"이 망태에 들어가면 좋은 일이 생기거든."

"정말이에요? 그럼 제가 들어가도 될까요?"
총각은 재빨리 망태 속으로 들어갔어.
그런데 이게 무슨 일이래?
총각이 망태 속에 들어가자마자
노인이 망태 주둥이를 꽁꽁 묶는 거야.
그러고는 으랏차차 지게에 짊어졌지.

"할아버지, 대체 어디로 가시는 거예요?"
노인은 아무 대답도 없이
산속 깊이깊이 들어가기만 했어.
그러더니 큰 나무 밑에 다다라서
망태를 높은 나뭇가지에 턱 걸어 놓지 뭐야.

"할아버지, 지금 뭐 하시는 거예요?
빨리 저 좀 내려 주세요. 네?"
노인이 나무 밑에 말뚝을 여러 개 박더니 말했어.
"무슨 일이 일어나도 안에서 나오면 안 되네.
참고 기다리면 좋은 일이 생길 게야."
그러고는 훌쩍 집으로 가 버렸어.
"좋아요, 그럼 한번 기다려 보지요."
총각은 겁이 나서 오들오들 떨렸지만,
망태 속에 있어 보기로 했지.

총각은 깜깜해질 때까지 꼼짝 않고 기다렸어.
그런데 얼마 뒤 어흥 어흥
호랑이 울음소리가 들리는 거야.
"어이쿠, 호랑이가 나타났나 보다.
이젠 꼼짝없이 죽겠구나."
호랑이들이 어슬렁어슬렁
총각 주위로 다가오고 있었지.

'무서워도 꼭 참아 보자.'
총각은 두 손을 모으고 눈을 꼭 감았어.
호랑이들은 총각을 잡아먹으려고
나무 위로 펄쩍펄쩍 뛰어올랐지.
하지만 높이 매달린 망태에 닿지 못했어.
호랑이들이 아래로 툭 떨어지다가
말뚝에 푹푹 꽂히고 마네.

날이 조금씩 밝아 왔어.
'왜 호랑이들이 날 안 잡아먹지?'
총각은 눈을 뜨고 나무 밑을 내려다보았어.
그런데 호랑이들이 뾰족한 말뚝에 찔려
모두 벌러덩 죽어 있지 뭐야.
"오호, 호랑이를 잡으려고
나를 미끼로 쓴 것이었군!"
총각은 그제야 노인의 꾀를
알아차렸어.

노인이 돌아와 총각을 풀어 주었어.
"자, 이 호랑이들을 둘이 나누어 가지세.
가죽만 팔아도 서너 해는 먹고살 게야."
"하하, 참고 기다렸더니 정말 좋은 일이 생겼네요."
총각은 호랑이를 팔아 큰 부자가 되었어.

총각의 소문을 들은
이웃 마을 욕심쟁이 코주부가
부랴부랴 노인을 찾아와 말했어.
"오늘 밤에는 나를 망태에 넣어
높은 나뭇가지에 매달아 주시오."

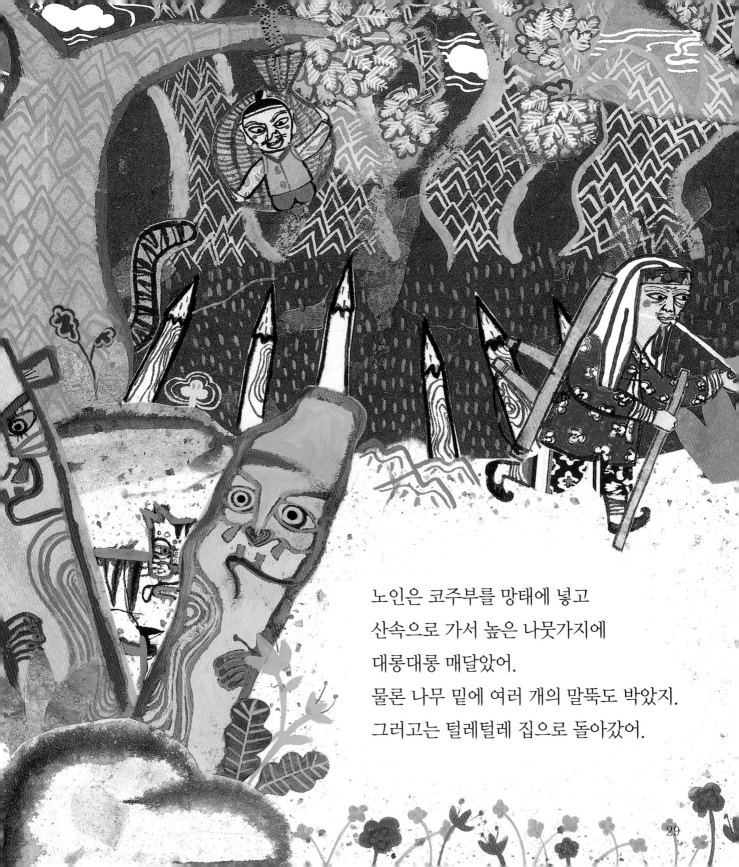

노인은 코주부를 망태에 넣고
산속으로 가서 높은 나뭇가지에
대롱대롱 매달았어.
물론 나무 밑에 여러 개의 말뚝도 박았지.
그러고는 털레털레 집으로 돌아갔어.

다음 날 새벽, 코주부는 호랑이 여러 마리가
나무 밑에 죽어 있는 것을 보았어.
"옳지, 노인이 오기 전에 혼자서
호랑이를 가지고 도망쳐야겠군."
그러고는 미리 숨겨 온 칼로
망태를 푹푹 찢었어.

'호랑이 가죽은 모두 내 것이로구나!'
코주부는 떨어지면서도 히죽히죽.
그런데 이게 웬일이야.
"어이쿠, 아얏!"
커다란 바위 위로 쿵! 떨어진 거야.
너무 아파 걸을 수도 없었지.
"엉엉, 할아버지를 기다릴걸."
코주부는 엉덩이를 문지르며 눈물을 뚝뚝 흘렸대.

호랑이를 잡는 망태 작품해설

〈호랑이를 잡는 망태〉는 호랑이 잡는 노인의 말을 듣고 무서움을 견뎌 부자가 된 총각과, 욕심을 부리다 아무것도 얻지 못하고 다치기만 한 코주부의 이야기입니다. 남을 따라 하지만 남처럼 잘 되지 못하는 '모방담' 이지요. 우리가 잘 아는 '혹부리 영감 이야기' 나 '금도끼 은도끼', '흥부 놀부' 도 '모방담' 에 속한답니다. 이 이야기는 '호랑이 사냥 설화' 를 바탕으로 하고 있습니다.

〈호랑이 잡는 망태〉의 줄거리를 볼까요? 옛날에 가난한 장사꾼 총각이 산길을 걷다 날이 저물었습니다. 총각이 외딴집에 묵어가려 들어가자 주인이 반갑게 맞아 주었습니다. 주인은 총각을 꾀어 망태 속에 들어가게 해 높은 벼랑 끝에 달았습니다. 벼랑 아래에는 뾰족뾰족한 나무 말뚝이 달려 있었습니다. 밤이 깊어지자 총각의 냄새를 맡은 호랑이들이 모여들었습니다. 호랑이들은 총각을 잡아먹으려 펄쩍펄쩍 뛰어오르다 절벽으로 떨어져 말뚝에 꽂혀 죽고 말았습니다. 날이 새자 주인은 총각을 풀어 주고 호랑이 가죽을 절반 나눠 주었습니다. 총각이 부자가 되자 이웃집 욕심쟁이는 배가 아팠습니다. 욕심쟁이는 총각을 졸라 사연을 듣고 부자가 되기 위해 외딴집 주인을 찾아가 총각과 똑같이 높은 벼랑 끝에 매달렸습니다. 하지만 새벽에 죽은 호랑이를 혼자서 차지하려고 망태에서 나오다 크게 다치기만 했답니다.

옛이야기에서는 대개 앞서서 새롭게 어떤 일을 해낸 사람은 행운을 얻지만 따라 한 사람은 불운을 겪습니다. 남을 따라 그대로 행동해 행운을 얻으려는 걸 나쁘게 본 것입니다. 물론 모방이 꼭 나쁜 건 아닙니다. 그림을 그리는 화가들도 앞선 화가의 그림을 모방하며 성장해 자신의 그림을 창조해 낸답니다. 다만 옛사람들은 별 생각 없이 남을 따라 해 노력 없이 부자가 되려는 사람들을 좋게 보지 않았습니다.

이 이야기에서 총각은 무슨 일이든 열심히 해 보려고 노력하다 부자가 됩니다. 반대로 욕심쟁이는 별다른 노력을 하지 않고 부자가 되려다 다치기만 합니다. 〈호랑이 잡는 망태〉는 노력한 사람에게는 행운이 오지만, 노력하지 않는 욕심쟁이에게는 불운이 온다는 교훈을 주고 있습니다.

꼭 알아야 할 작품 속 우리 문화

망태

망태는 물건을 담아 들거나 어깨에 메고 다닐 수 있도록 만든 네모 꼴의 주머니예요. 짚으로 만든 가는 새끼 등으로 꼬아서 만들지요. 강원도의 산간 지대에서는 망태의 주둥이에 끈을 달아 주머니처럼 주둥이를 죌 수 있게 만들어서 써요.

호미

호미는 쇠날에 둥근 나무 자루를 박아서 써요. 논이나 밭을 맬 때 빼놓을 수 없는 농기구이지요. 논을 매는 일은 무척 힘이 들었기에 옛사람들은 한데 뭉쳐 이 집 저 집 다니며 서로서로 농사를 지어 주었어요. 일이 끝난 뒤에는 '호미씻이'라는 잔치를 했어요.

지게

지게는 짐을 얹어 사람이 지고 다니도록 만든 우리 고유의 발명품이에요. 옛사람들은 나무와 새끼만으로 훌륭히 지게를 만들었어요. 그 위에 무거운 짐을 이고서 번쩍 들어 날랐지요. 지게는 쓸 사람의 키와 체형에 맞춰 만들었기에 아빠 지게, 아들 지게가 따로 있었어요.

말랑말랑 우리 문화 이야기

이야기 속에서 할아버지는 총각을 망태 속에 집어넣어 호랑이를 잡았어요. 호랑이는 우리 옛이야기뿐만 아니라 민화에도 단골손님처럼 자주 등장했어요. 옛날 사람들은 왜 민화에 호랑이를 그려 넣었을까요?

민화 속 호랑이

옛날 사람들은 호랑이에게 귀신을 물리치는 신통함이 있다고 믿었어요. 매년 정초가 되면 호랑이 그림을 궁궐이나 집 대문에 그려 붙여 놓았어요. 귀신이 호랑이 때문에 무서워서 못 들어온다고 생각했거든요.

> 어흥! 귀신은 썩 물러가라!

> 으악! 이 집은 용맹한 호랑이가 지키고 있구나.

무관의 관복에 그려진 호랑이

무관들이 입었던 관복의 등 쪽에도 호랑이를 수놓았어요. 호랑이처럼 늠름한 무관이 되길 바라는 마음을 담은 거예요.

이 부적을
몸에 지니시오.

고맙소.
호랑이 부적이 있으니
든든하오.

부적에도 호랑이가 어흥 어흥!

우리 조상들은 집 벽에 호랑이나 닭
그림을 그려 부적처럼 사용했어요.
호랑이를 그린 부적을 붙여 놓으면 나쁜
일과 역병이 피해 간다고 생각했거든요.

호랑이와 까치

까치는 예로부터 우리에게 좋은 소식을 전해 주는
복된 새였어요. 호랑이 역시 귀신과 재앙, 병을
물리쳐 주는 복된 동물이었지요. 그래서 민화에는
호랑이와 까치가 함께 있는 그림이 많아요.

하하하,
호랑이가 하나도
안 무섭게 생겼어.